AF323369

100 Zwierzęta Mandala Designs Kolorowanka

Ta książka należy do:

____

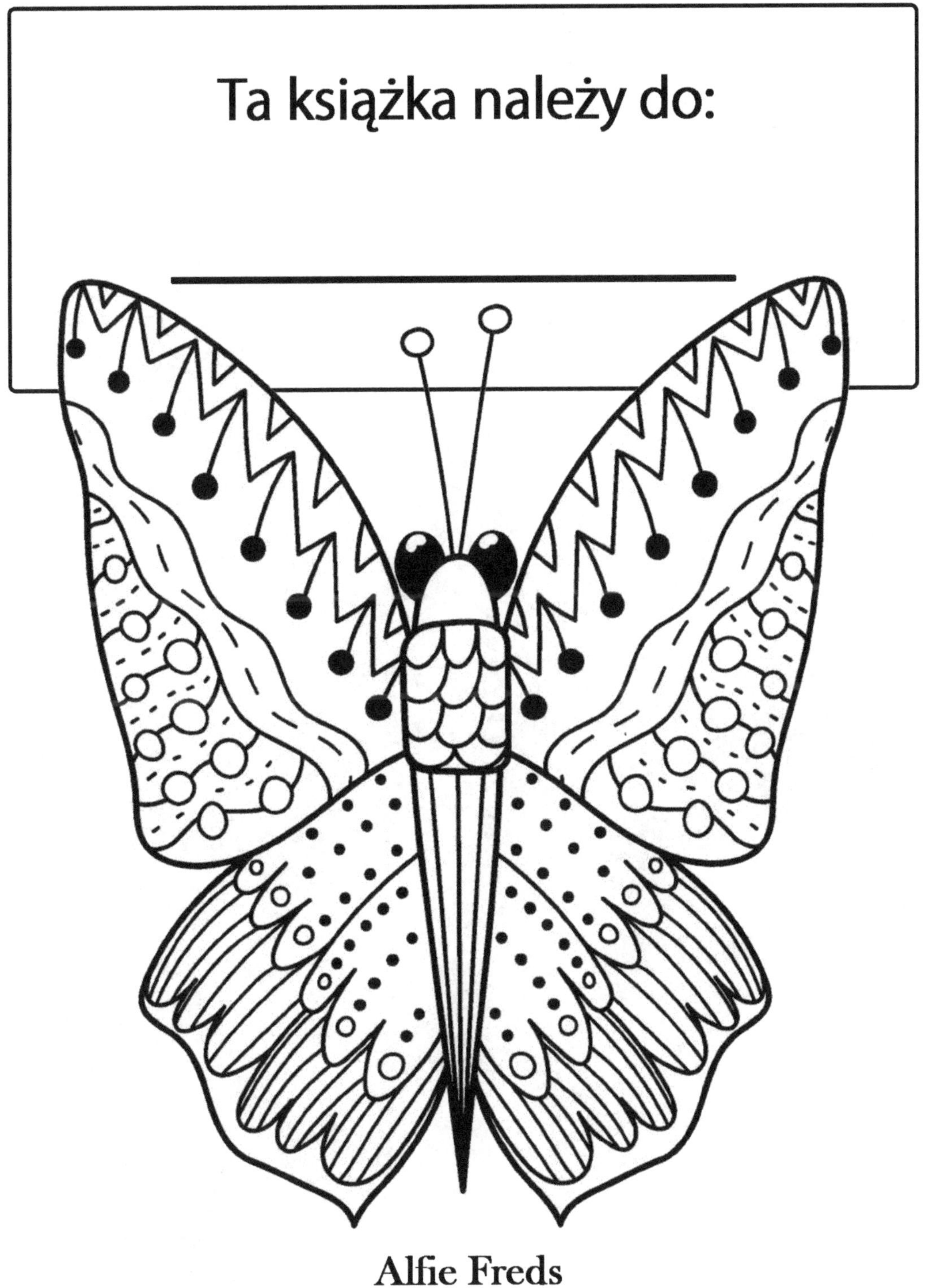

Alfie Freds

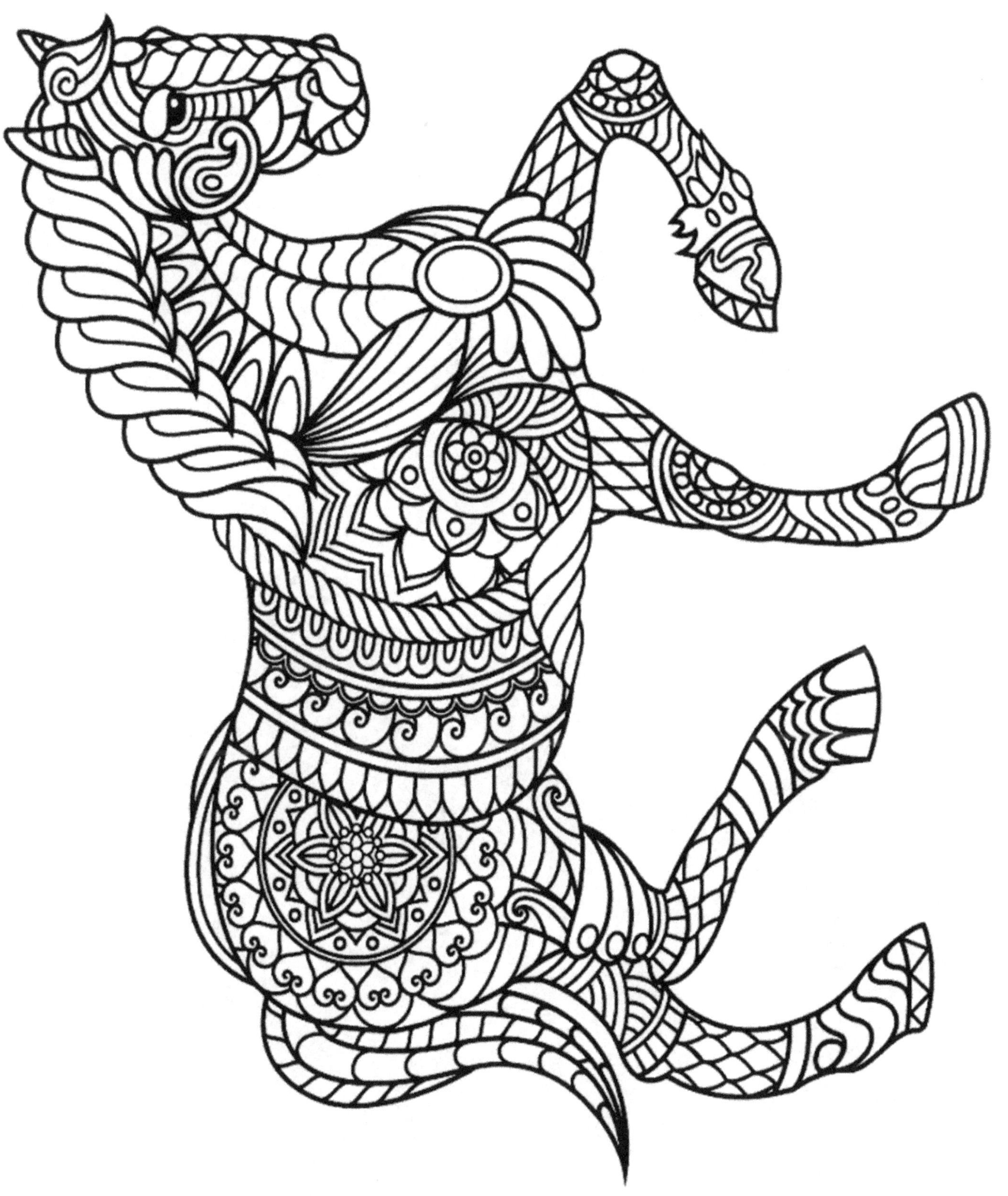

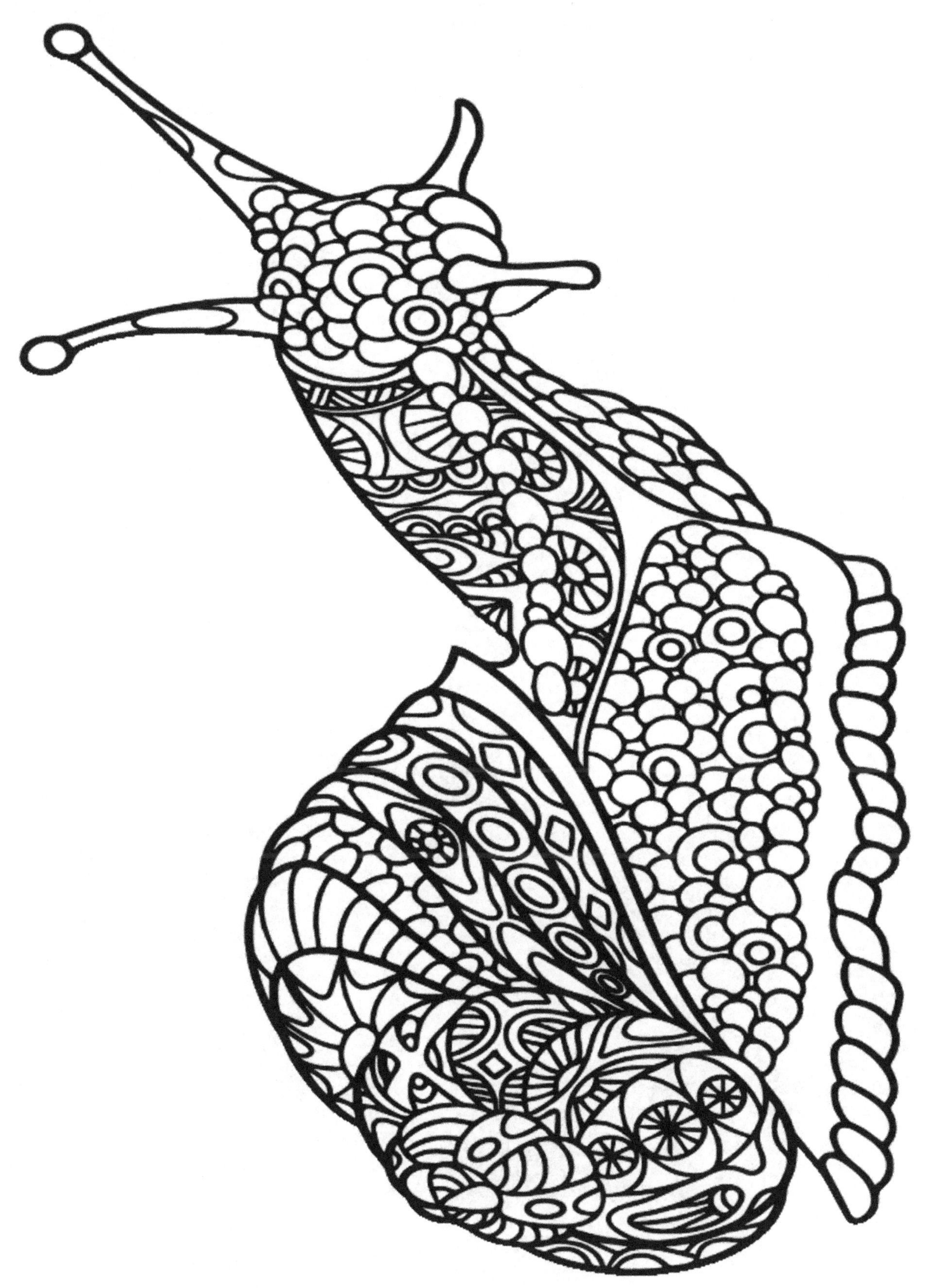

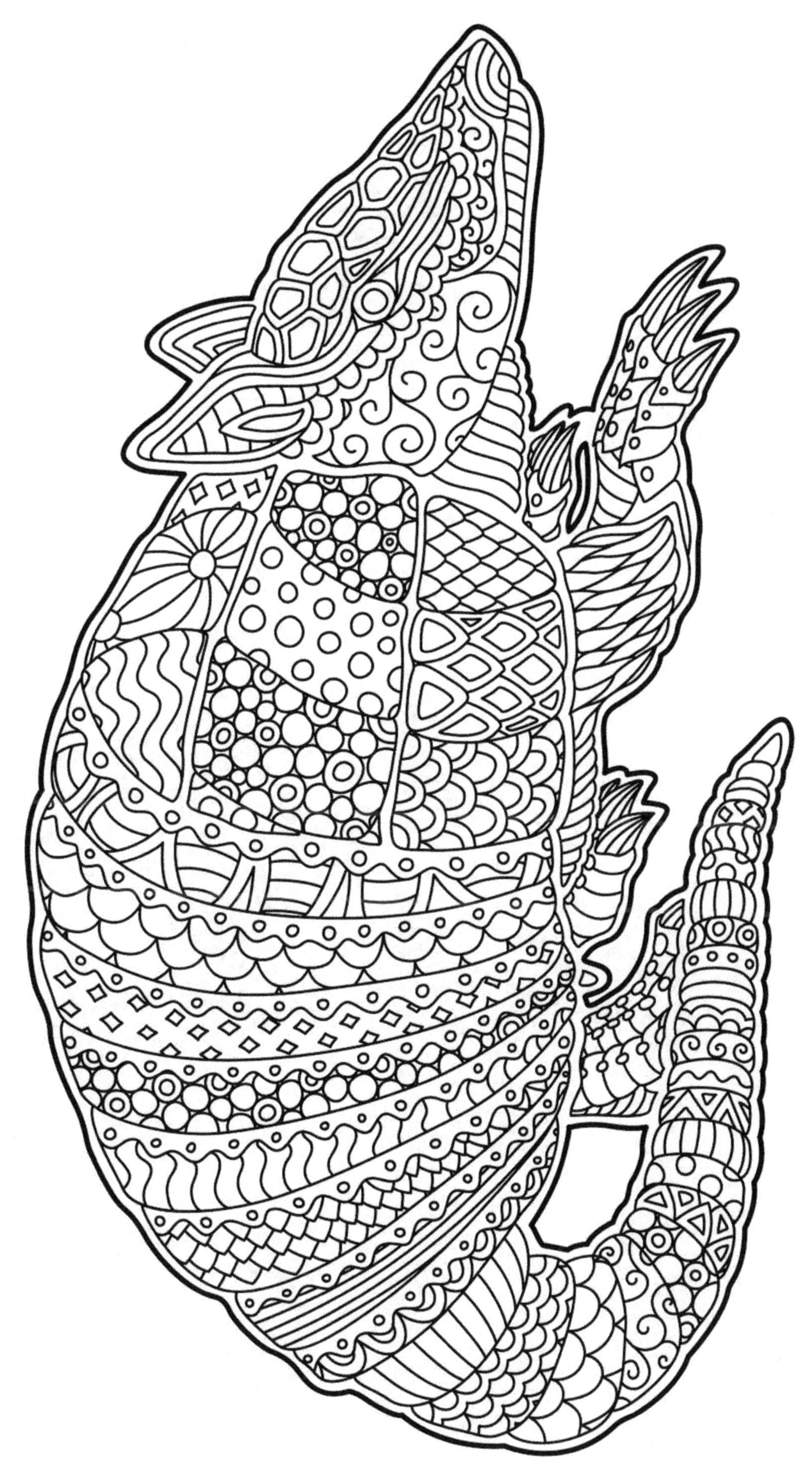

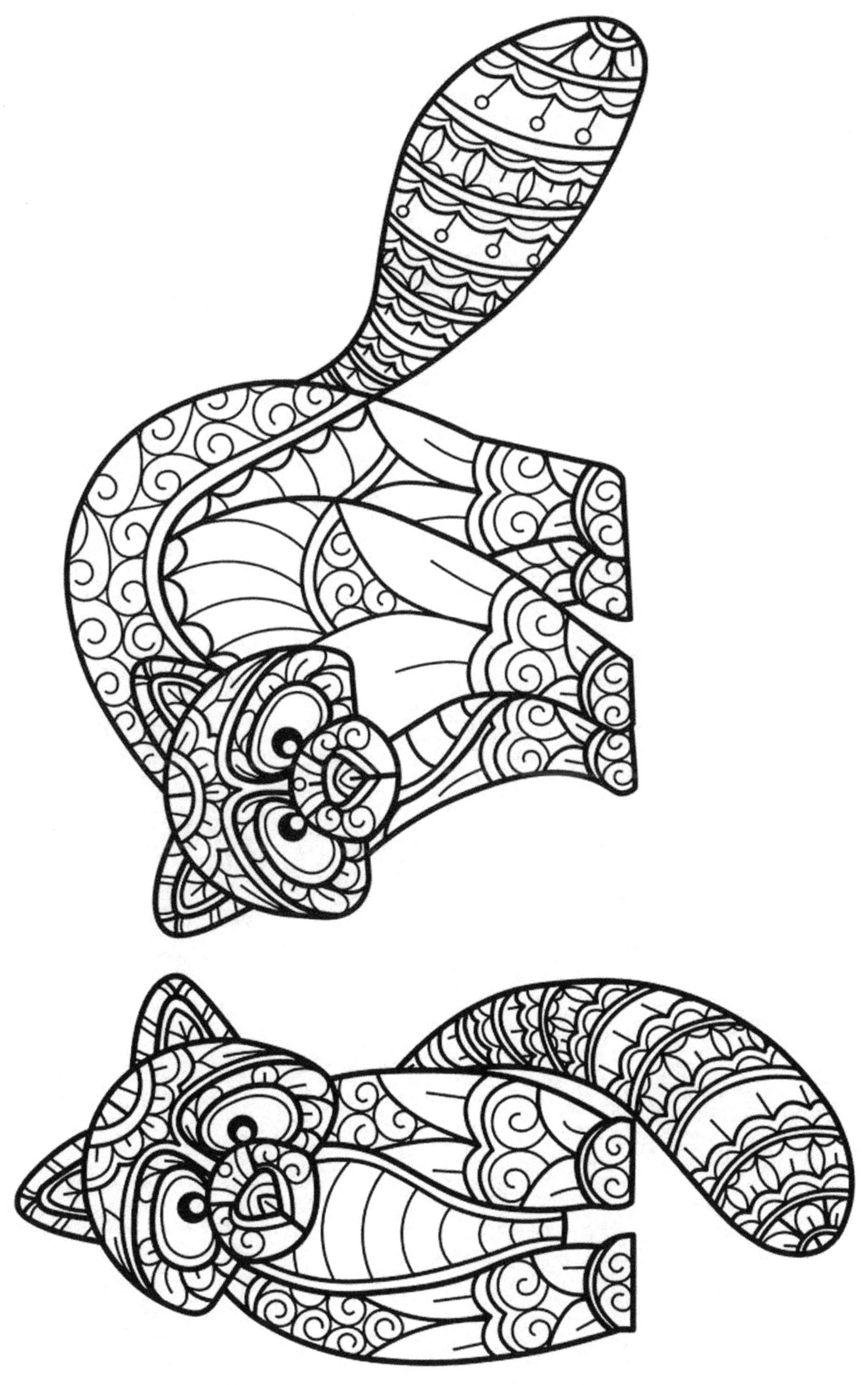

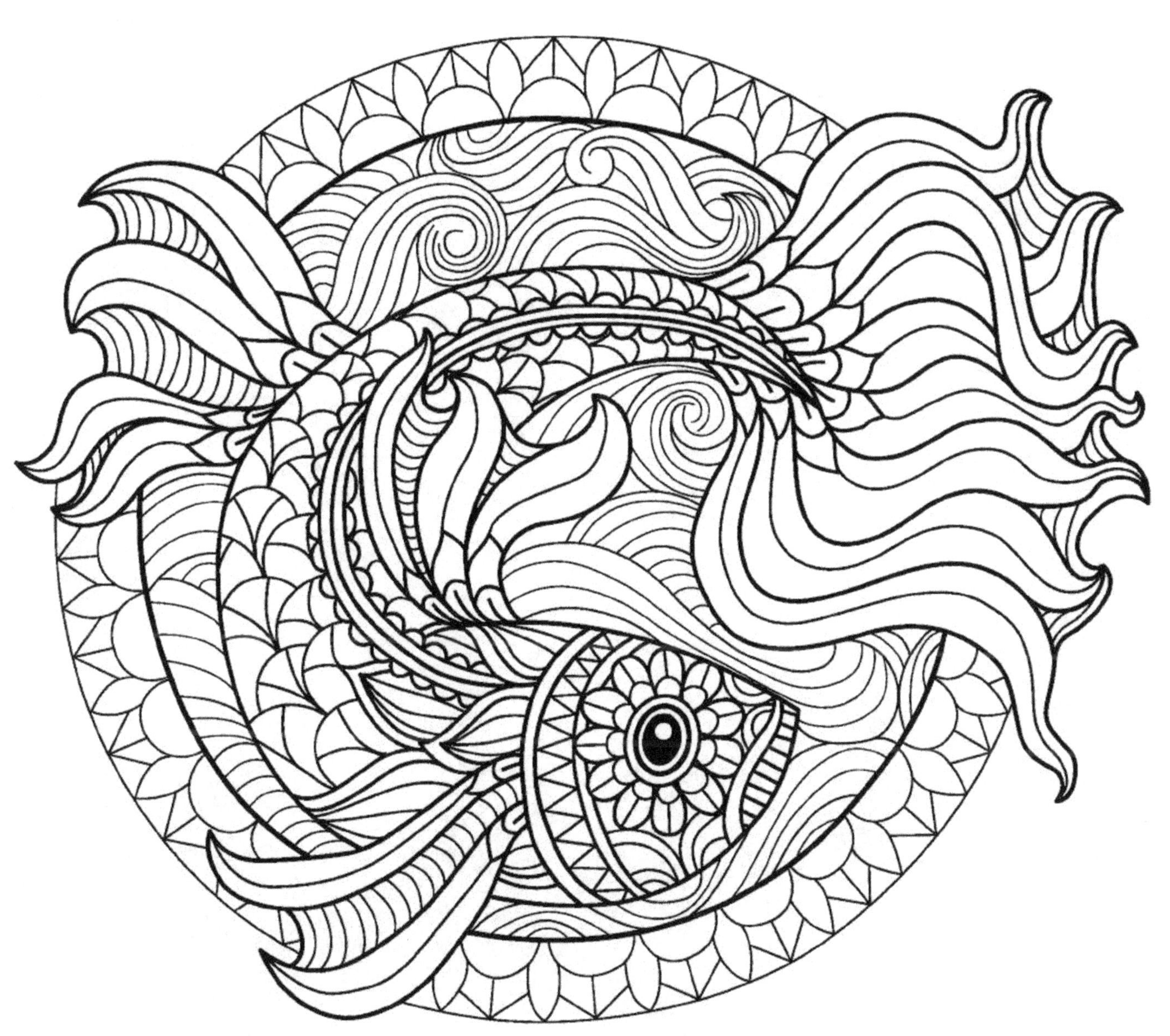

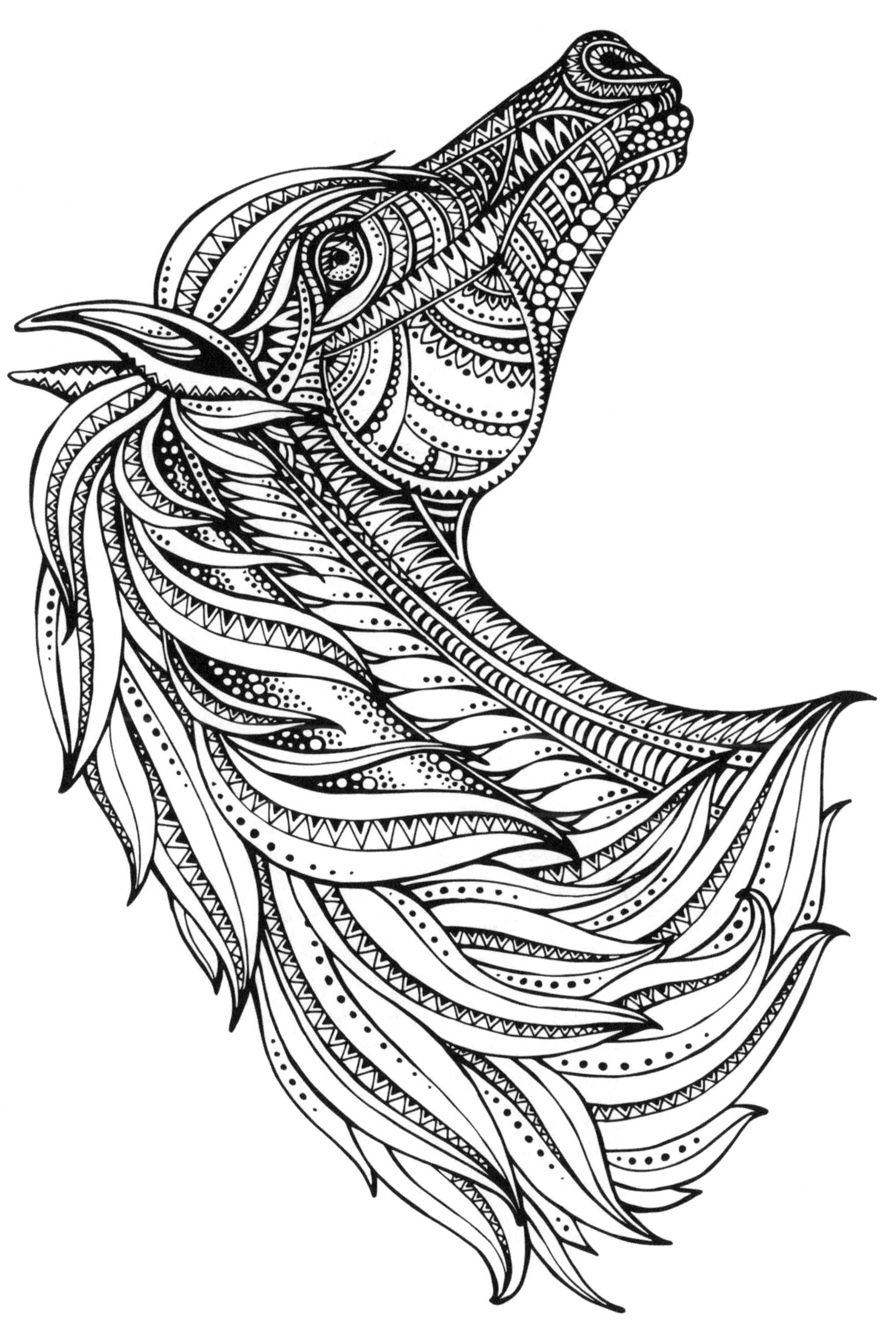

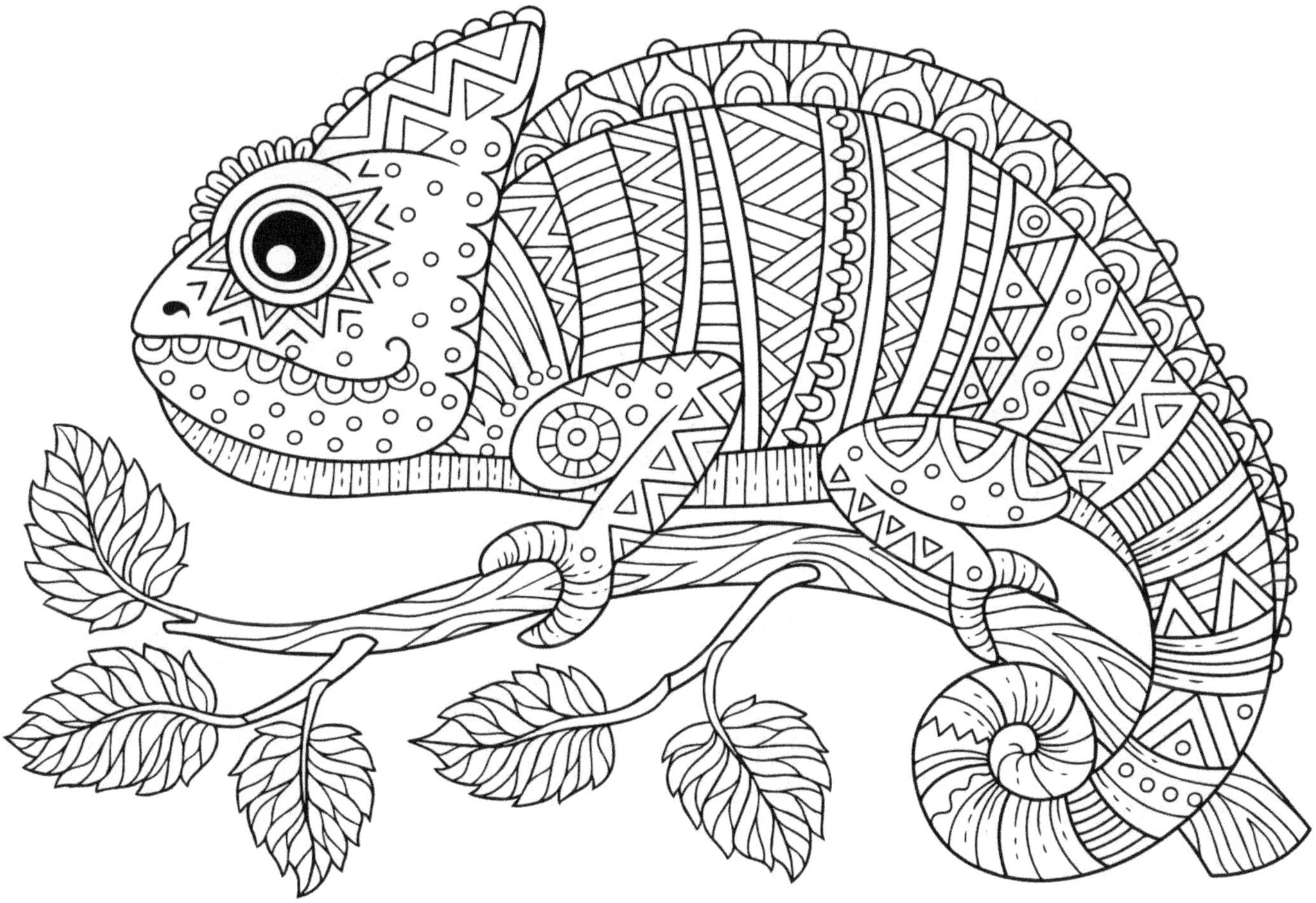

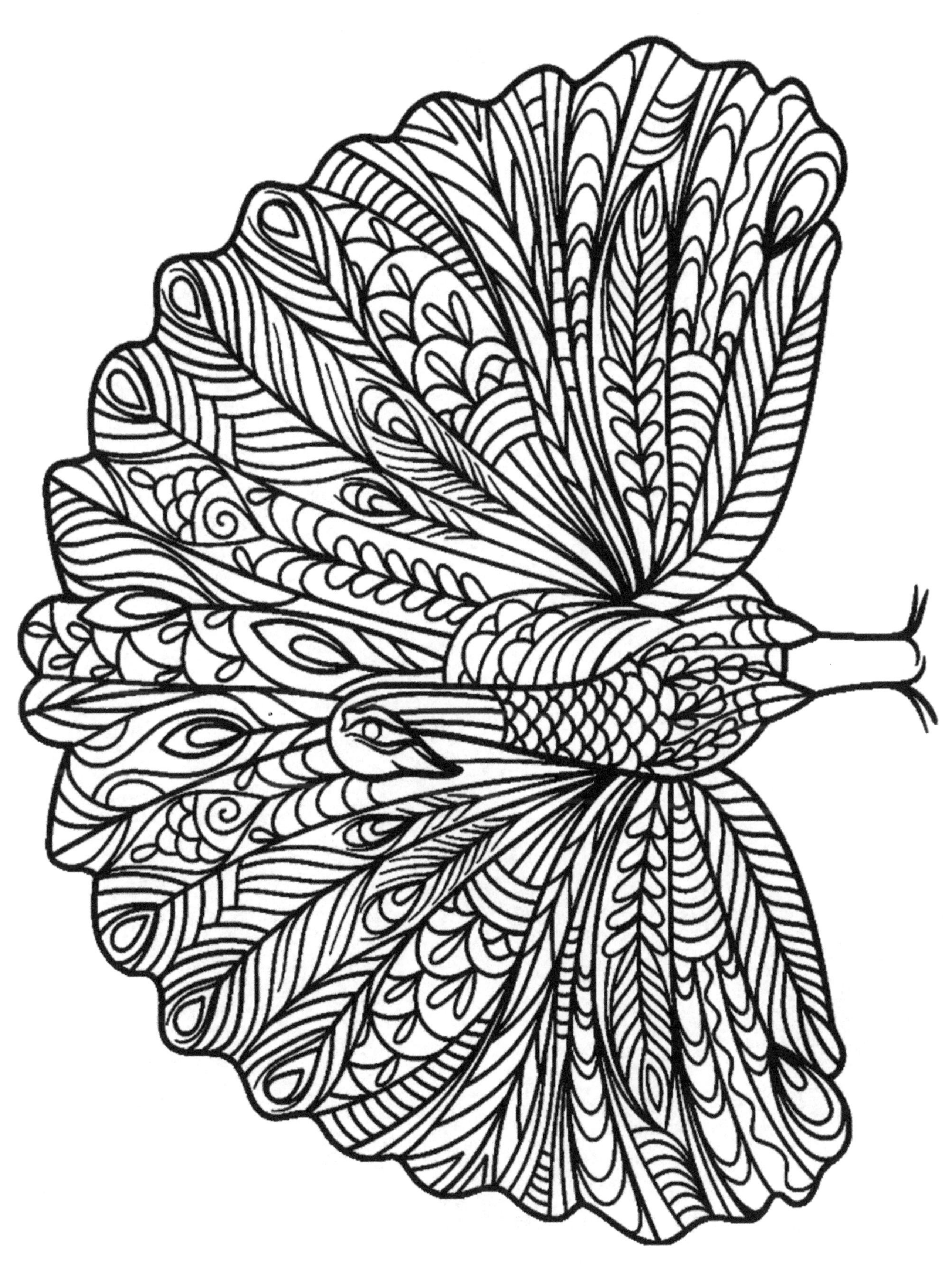

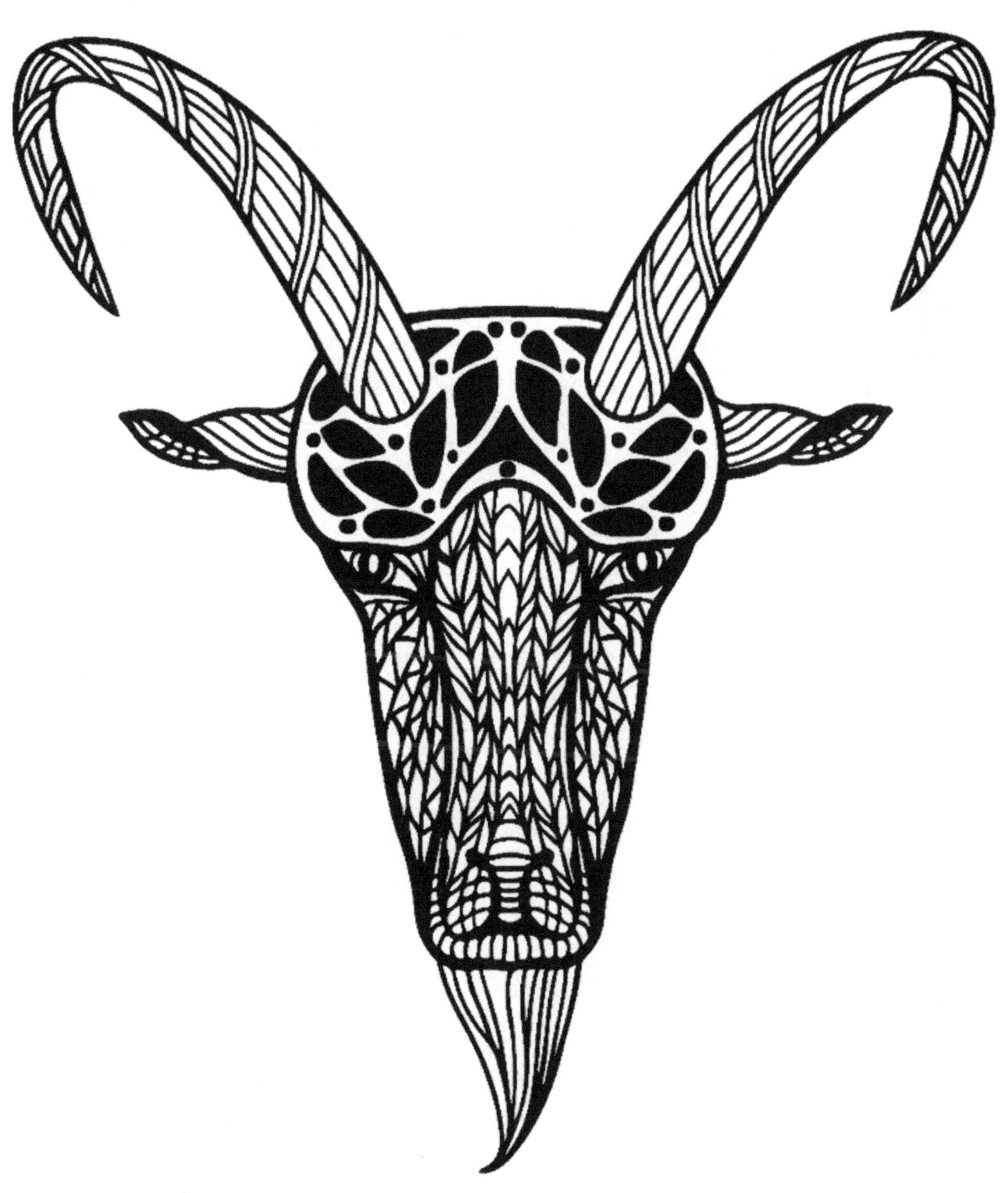

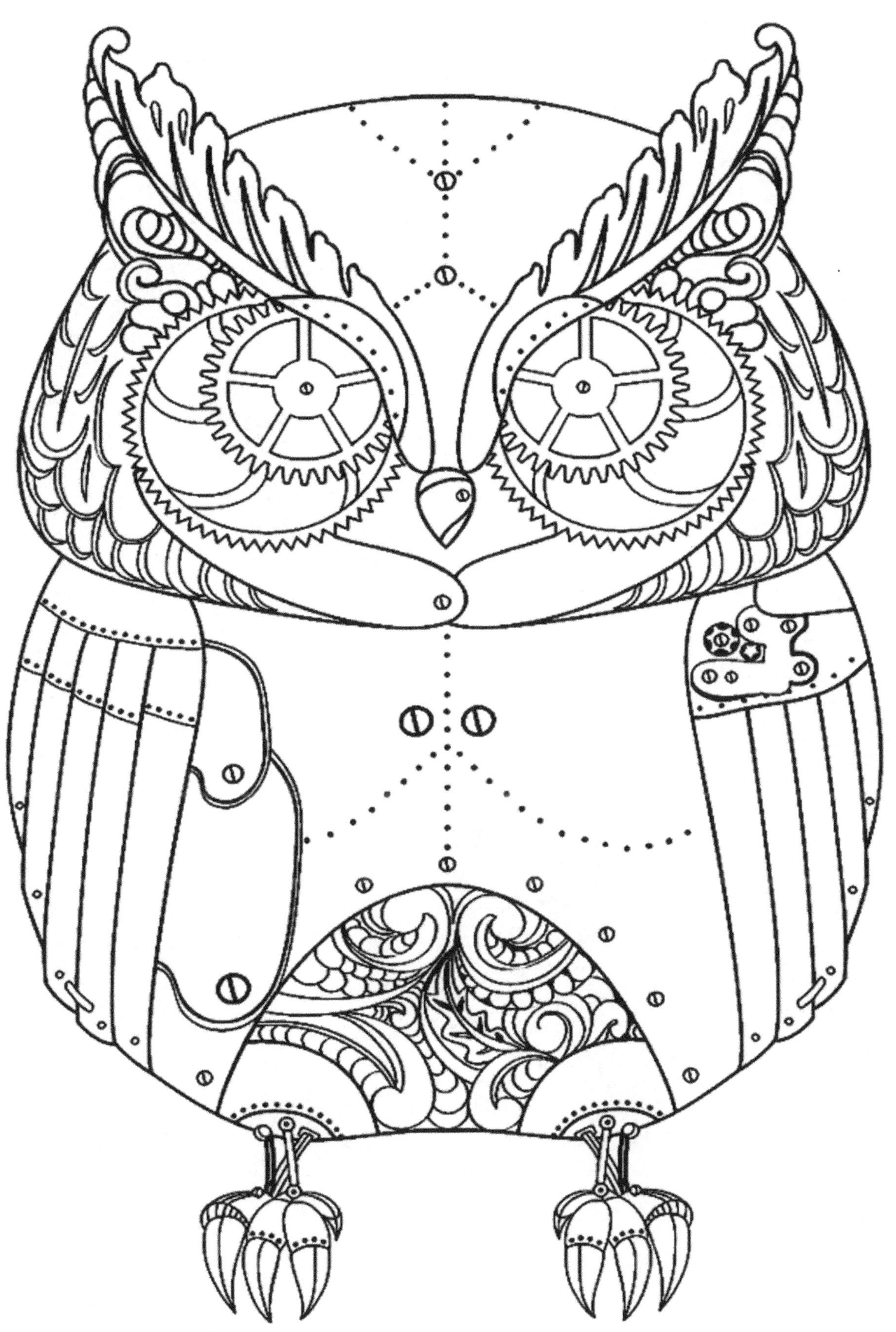

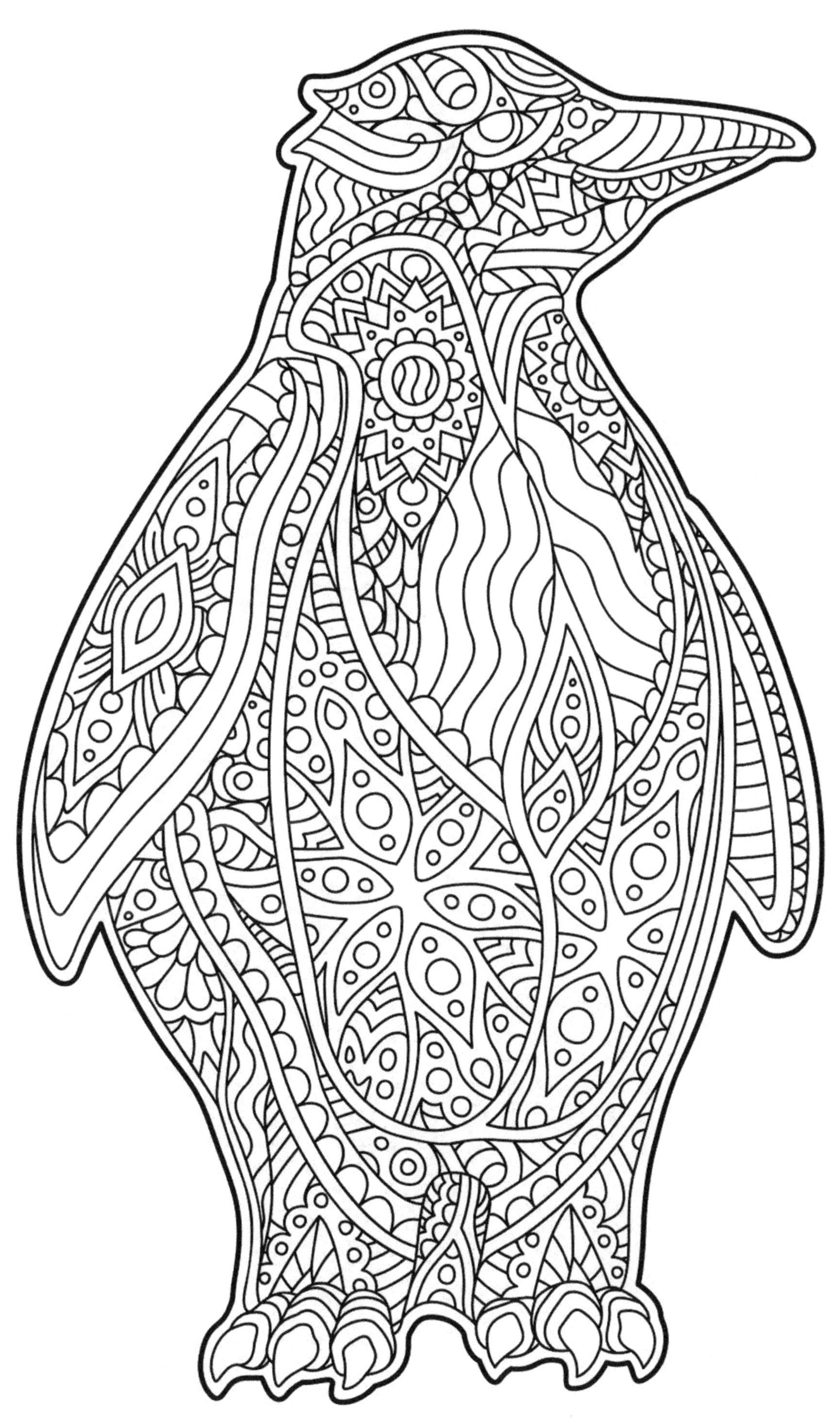

Dziękuję.

Mamy nadzieję, że podobała się Państwu nasza
książka.

Naprawdę doceniamy Twoje zaufanie do nas i Twoja
opinia jest bardzo ważna.

Zawsze staramy się ulepszać nasze książki i przynosić
Wam najlepsze kreacje, którymi możecie się cieszyć.

Daj nam znać, jak podoba Ci się nasza książka na:

heianibooks@gmail.com

CPSIA information can be obtained
at www.ICGtesting.com
Printed in the USA
BVHW061340100621
609274BV00008B/1352